桐山太志

句集

# 耳梨

―みみなし―

MIMINASHI

Kiriyama Futoshi

ふらんす堂

# 序

桐山さんの作品世界は奈良の地と分かちがたくある。大和三山の一つ、耳成山の古い表記である「耳梨」を句集名としたのも、奈良を愛する心意気を表すものだ。姫路に生まれ育ち、広島の大学を出た桐山さんが、どうして奈良に住むことになったのか、その事情は知らない。事情はどうあれ結果において、俳人・桐山太志と奈良の出会いは運命的なものだったと言えるだろう。

奈良に住む「鷹」の先輩、荒木かず枝さんの存在も桐山さんの成長に不可欠だった。荒木さんは転勤族の夫と日本各地を転々としていたが、夫が兄の死により奈良の実家を継ぐことになって、荒木さんもまわりの山はみな古墳という土地の人になった。その荒木さんの薫陶を受けながら、競い合うように奈良を詠むことが桐山さんの俳句の土台になったのだ。

ちょうどその頃、「鷹」の全国大会を奈良で開いたことがあった。奈良公園に天平建築のようなたたずまいを見せる奈良春日野国際フォーラムの能楽堂が句会場。私は能舞台で講評した。この大会の実行委員長を地元の荒木さんが務めた。桐山さんも荒木さんを支えて走り回った。「鷹」に載った大会のスナップ写真に、鹿の角をかぶって懇親会の司会をする桐山さんの姿が残っている。

鹿鳴くや埴《はに》に濁れる水たまり　かず枝

朝霧のひらく川面や嗽ぐ　太志

荒木さんの鹿の句はこの大会の特選、桐山さんの朝霧の句は特選に次ぐ秀逸として表彰された。大会運営に尽しながら、作品においても二人が地元勢の力を見せつけてくれたのが印象的だった。

桐山さんのこの句の川は住まいに近い佐保川か。それとも飛鳥川、竜田川あたりか。歴史を背負った土地に息づくわが身の存在を確かめるような「嗽ぐ」が健やかだ。

山焼の匂ふ華厳の闇深し　太志

百僧に白息の立つ諷経かな

耕して血をつなぎをり平家谷

峰入や剃刀傷の青つむり
老鹿の黒光りせる初時雨
狛犬のふぐり幼し梅の花

奈良と言っても、古き都のまほろばもあれば、山岳信仰の聖地もあり、平家が落ちのびた僻遠の地もある。その奈良を血と肉にして桐山さんはおのが俳句を育ててきた。

山焼の句にはとりわけ感服した。「華厳の闇」にこの世の一切の真理を蔵して修行者を迎える厳かさがある。奈良仏教を代表する華厳宗の総本山が東大寺。ならば山焼は若草山か。張り詰めた闇にも山焼の匂いがこの世のなつかしさを添える。

狛犬の句も愛すべきもの。藤田湘子は、俳人はすぐに神社や寺に出かけて古くさい句を詠むと嘆いていた。狛犬など古くさい素材の最たるものだ。ところがこの句の狛犬はどうだろう。狛犬のふぐりなど見たことがないと私が言うと、桐山さんは見ればちゃんとある、阿形の狛犬には雄の、吽形の狛犬には雌のしるしがあるのだと反論する。覗き込んで確かにあると見届けたふぐりを「幼し」と愛でて梅の花を取り合わせたところに対象に寄せる作者の慈しみがある。奈良の地を詠めば素材は古めかしくなりがちだが、古めかしい素材にも桐山さんの真情が通っている。

独身貴族を謳歌しながら俳句に打ち込むと見えた桐山さんは、いつの間にか鷹新人会仲間の椎名果歩さんを見初めて生涯の伴侶とした。椎名さんは結婚とともに東京から奈良に居を移した。奈良の風光は二人で見ることによって新鮮さを増したことだろう。

桐山さんが俳句を始めたきっかけはたまたま本屋で手に取った山本健吉の『現代俳句』だった。蛇笏と秋櫻子の句がすぐ好きになったそうだが、桐山さんの俳句の格調高い骨格は蛇笏から、奈良を詠む主情的な文学性は秋櫻子から吸収したと見える。

歴史に培われた俳句の固有の力を疑うことなく、それを遺憾なく発揮させることに全力で取り組む。桐山さんの創作姿勢は山本健吉の論に後押しされてのものだと思う。俳句の詩型を信じることによって、時に作者の器量を超えた大きなものが作品に宿る。そんな成果を私は次の三句に見る。

はらはらと水ふり落とし滝聳ゆ

軍鶏老いて金秋の声絞りけり

真つさらな朝ゆきわたる雪野かな

いずれも桐山さんの作品ではあるけれど、桐山さんの存在を超えた彼方からやって来たものだと思えるのだ。

折しも今夜は中秋の名月。いつか桐山さんとまほろばの月を仰ぎ、遥かなるものの声を聞きながら、静かに酌み交わしたいと思う。

令和五年九月

小川軽舟

耳梨／目次

序　小川軽舟

二〇一三―一五年　13
二〇一六年　33
二〇一七年　51
二〇一八年　69
二〇一九年　89
二〇二〇年　109
二〇二一年　129
二〇二二年　149
二〇二三年　169

あとがき

装丁・泉本亜依

句集

# 耳梨

二〇一三―一五年

三六句

寒鯉を分けて寒鯉すすみけり

涸滝に谺す茶屋の黒電話

背に冬日負うて郵便局に入る

似顔絵の頬も紅しよ冬木の芽

均されて春日あまねき真砂かな

砕石のコンベヤ停まり春暑し

僧入りてふたたび閉づる余花の門

宿酔のまなこに沁むる若葉かな

晴天にのこすものなし黒揚羽

日盛や鹿せんべいの帯十字

自宅兼教会糸瓜咲きにけり

一階の大家しづもる夜長かな

混んできし男湯の黙雁渡る

あかがねの月蝕の下秋刀魚食ふ

また一つ山門抜くるあきつかな

薄ら日のしむる三和土やみそさざい

夜明しのかんばせ熱る枯野かな

枯野道橋なき川に行き止まる

囀や資材置場の水たまり

自転車で帰る漁師や花曇

瘦猫のまなこ鋭きようずかな

釣銭に吹く緑青や西東忌

明易き旅寝にさぐる腕時計

本棚に新書増えたり椎若葉

河鹿鳴く修験の山の巌襖

夏草に軽トラックの轍かな

竹伐つて舟還りゆく湖北かな

軍港の三方に山鰡跳ねし

耶蘇寺の小さきオルガン雁渡る

稲架組んで山ごと暮るる小家かな

冬霧に木戸押し黙る山家かな

呼鈴の鳴りし空家や冬の山

川音の絶えぬ集落山眠る

渓暮れて瀬音近しや牡丹鍋

僧坊に届く牛乳今朝の雪
たづねびとビラに微笑む十二月

# 二〇一六年

三〇句

冬うらら鐘つく僧に腕時計

魞挿して湖東の山の暮れのこる

みささぎの竹打ち合へる社日かな

春風や二塁ベースに女の子

比良の水春田になじむ夕かな

居酒屋に宿題の子や夕蛙

目つむれば明るき闇や花疲

麦秋やコンビニ遠き社員寮

畳屋の青き匂ひや梅雨晴間

大峰を月わたりゆく夏炉かな

天井に紫煙の淀む我鬼忌かな

夕星や祭のあとの風ぬるし

売りし本買はれずありし帰省かな

蜩や如雨露につきし砂払ふ

光澄む馬鈴薯掘の地平かな

朝霧のひらく川面や嗽ぐ

煙草干す阿波土佐ざかひ小家勝ち

啄木鳥や葉風眩しき山毛欅峠

畳の間饐えし社宅や秋簾

小雨ふる庭の明るき子規忌かな

松風にふり向く鹿の愁眉かな

名月や手水に浮かぶ松の塵

橡の実や灯して暗き宿机

舟小屋に引く電線や後の月

立冬や汲みてしづもる渓の水

戻りて匂ふ寒さや切通

初猟の柏手に覚む山の神

蒼海に半島果つる寒さかな

脱稿の寝酒にはづす眼鏡かな

劇団のビラ飛んできしクリスマス

二〇一七年

三〇句

枯園に火傷の痕を見せられき
タクシーの無線がさつく枯野かな

寒暁の道覚ましゆく市電かな

冬滝や索道駅の昼灯

雨降りの蒼き晩鐘白魚汁

春分や社務所にたまるビニル傘

夜蛙や信号消えし教習所

鍵穴のやうな山羊の眼春深し

晩春や曇硝子にセロテープ

天草を砌に干せる湯宿かな

湯上がりの跣足に旅の熱りかな

鵜篝に城山の闇高くあり

篁の日面さやぐ夏越かな

手ランプに鉱脈青く滴れり

ビラ浮かべ川動かざる日の盛

凌霄や車ひとつの工務店

花氷行き交ふ影に痩せてをり
ぶつかりし子の肌熱き祭かな

物置にグローブにほふ帰省かな

朝立ちの路肩濡れをり草ひばり

莇塀に消え入る秋の蛍かな

中古車の幟はためく芋嵐

旅先のやうに住む町草の絮

アパートに響く湯桶や寝待月

一雨に夕日強しや新豆腐

露寒やざつと銭吐く両替機

湖に死木の立てる花野かな

木の実降る地べたに知恵を分くるごと

湯疲れの二の腕匂ふ蒲団かな

煤逃や本屋のあとの古本屋

# 二〇一八年

三四句

鹿の目の火色に潤むお山焼

探梅の窟《やぐら》に憑かれ饑《ひだる》神《がみ》

三川の淀に落ち合ふ初音かな

禊場をしりぞく潮や鹿尾菜刈

船窓にうねる半島鳥帰る

鳥山を読む手庇や鰆船

学僧が護符の糊煮る目借時

大楠の巨きな時間鳥交る

洛北の村濃に暮るる春田かな

紫陽花や爪先で履く女下駄

信長に焼かれし寺や百日紅

晴嵐を払ふ法螺の音山開

守宮出て泡立ちわるき旅の髪

明易の枕に聞ける風樹かな

寝冷の子船の絵を描きなぐさまず

一階に雨音募る簾かな

夏終る高き葉騒の眩しさに
着くごとに虫の駅なり小浜線

朝鈴や畳を拭きて膝赤む

秋鯖やはや住み古りし寄宿寮

呉竹のそよぐ夜寒の鏡かな

月明やゲストハウスの奈良格子

欸乃《あいだい》に明けゆく霧の楢林

雲近き分水嶺やけらつつき

谷深く返照満つる案山子かな

浮塵子飛ぶ夕映赤く濁りけり

野に帰る開拓村や草紅葉

倒木に脈打つ蔓や猟期来ぬ

鼬罠仕掛けて風呂を熱うせり

裏山は延暦寺領狸汁

先生に子供すなほや初氷

引き被く毛布に旅愁うすきかな

客船の威張る埠頭や冬の暮

年の夜や国道照らす精米所

二〇一九年

三六句

鮪船舳に黒潮を砕きけり

潮入の河口かがよふ遍路かな

沈丁やなつかしむにはたづみ

燕来るアロエ枯らせし理髪店

蛙鳴く水の暗さや后陵

畦塗や端山けはしき北河内

菜の花や祠つづきの海女の道

海亀を迎ふる島の早寝かな

母の日の欅かがやく団地かな

ダービーや箸で突いたる月見そば

降りしバス道に見送る麦の秋

牛飼は人に無口や麦の秋

大き瞼閉づるごと暮れ夏至の海

若鹿の角の熱りや梅雨の月

竹植ゑて耳聡く空暮れにけり

夏安居の脩竹の風湧くごとし

夏足袋や月謝の透ける油紙

敗戦忌仰向けに寝て腹鳴れり

羊歯を打つ雨の太さや川施餓鬼

一日を宿で過ごせり蕎麦の花

草ひばり模型屋暗く開いてをり

曼珠沙華折りし手応へ消えぬなり

明王の剝ける犬歯や胡麻を干す

電球の芯の濁りや胡麻筵

新米に国原の陽のぬくみかな

秋風に包丁青く研ぎ上ぐる

朝靄のふれむばかりや沢胡桃

有史より先史明るき木の実かな

きらきらと縦に雨ふる牧じまひ

鉈に割く竹生白し冬隣

銀嶺の明けゆく谷の冬安居

甲斐犬の澄む双眸や神渡

神棚にソフビ人形滝涸るる

鼬来て恐れ毛羽立つ鶏舎かな

見晴らせる村なにもなし雪卸

湯豆腐にのぼせて外す眼鏡かな

二〇二〇年

狆ころの足忙しき礼者かな

山焼の匂ふ華厳の闇深し

東雲に煙る汽水や白鳥来

鈍色の潮盛り上がる鱈場かな

紫煙巻く裸電球猟名残

春風やぬかりて傾ぐ集乳車

朝雨の湖の白さや花菜漬

雲梯を落つる雫や巣立鳥

朝霞茶山は峰を競はざる

熊笹の風潺湲と春の月

若鮎の一閃青き熊野かな

珊珊と若鮎はづむ瀬波かな

かちわたる沢の嵐気や夏近し

はらはらと水ふり落とし滝聳ゆ

多佳子忌の船端にゐて髪重き

父の日の小止みの雲を仰ぎけり

早苗饗や飛驒一宮雨の中

神南備に隠し畑や時鳥

鮓圧して沖に雲立つ湖国かな

雫する茅の輪より街見下ろせり

星移る夜の青さや夏神楽

海光にざらつくトマトもぎにけり

一雨に緊まる砂丘や虹立てり

戸車の砂嚙む音や避暑名残

鬼城忌や逃げし廃鶏水つつく

三輪山に稲架組む昼の雲迅し

雁や石切り出して島痩する

氷河湖の暮靄にしづむ花野かな

無花果や告解に点く赤ランプ

露寒や小石を飛ばす庭箒

洛南の雲の高さや蕪引く
狸罠仕掛け古井の底光り

鯉濃や風突つかかる窓に雪

沖合は時化に暮れをり鮟鱇鍋

蜜柑山夕照りかへす下船かな

そこいらに子供遊ばせ牡蠣割女

# 二〇二一年

三六句

青丹吹く松の鱗や初霞

名ばかりの商店街や松飾

動く歩道みな真顔なる冬の暮

寒明の土やはらかし櫟山

春暁や釜で米研ぐ料理宿

竹の根の雨にうき出る彼岸かな

御影供の松に小止みの雫かな

春昼の柱時計の音暗し

尖塔に大き太陽よなぐもり

襟首に落花つめたき夕堤

矢車の夜をかけて鳴る在所かな

降り足りて灯ともし頃や額の花

見回して家よそよそし青葉木菟

漆黒の松の影湧く夜涼かな

篁のそよりともせぬ円座かな

雨にもぐ胡瓜の棘の鬱勃と

鉱泉にひそめく森の蟹青し

夏館葉騒に窓の暗くなる

白南風や真綿にくるむデスマスク

八月のひかり鉄鎖の匂ひあり

海施餓鬼波にぎやかに寄せ来たる

没年のそろふ墓群や葛の雨

朝顔や新聞買ひにコンビニへ

特急の蹴飛ばしてゆく芒かな

芋茎干す明けつぴろげの山家かな

賢治忌や框に合羽雫せる

軍鶏老いて金秋の声絞りけり

稜線の鋸歯なす釣瓶落しかな

宵闇の松風すさぶ道急ぐ

楠に鹿の溜まれり十三夜

鳴あゆむ潟はあまねく日をかへし

水郷の黄に照る月や白秋忌

分銅に映る分銅神の留守

百僧に白息の立つ諷経かな

棚曇る山重畳と冬田道

湧水の夜目にも澄めり年籠

二〇二一年

三四句

島国にして山国の初日かな

蠟燭の太き炎や冬の滝

真つさらな朝ゆきわたる雪野かな
橇馬のいきれ日の出をけぶらしむ

淡海の一睡にして大霞

後朝のうすらひ岸を離れけり

寒明や芝養生のトラロープ

野阜のつづく飛鳥の春田道

水菜切るしぶき交じりの音立てり

山門は葷酒許さず猫交る

耕してをつなぎをり平家谷

閻王の舌の深紅や揚雲雀

息吸うて了る祈りや藤の花

出日和の新樹さざめく大路かな

峰入や剃刀傷の青つむり

雲に雲したがふ深山蓮華かな

青梅雨や灯のやはらかき大師堂

雨粒の俄に硬し岩魚釣

船上の四海あまねく明易し

廃校に次ぐ廃線や青嵐

紫陽花や雨を寒がる女客

杜深く懸仏あり田水沸く

天牛の鳴く夕風の湿りかな

行き暮れて川音近し合歓の花

働いて血を養へり夏の草

生米の床にこぼれし晩夏かな

大風に草木乾く盆の月

蟷螂の踏み外しざま飛びにけり

うす曇る夜空明るき添水かな

新豆腐吉野の坊の月高し

老鹿の黒光りせる初時雨

枯菊を焚いて黒髪冷えにけり

国旗上げ競艇場やかいつぶり

沖合は萌黄に暮るるかいつぶり

二〇二三年

二〇句

御降のあまねく濡らす商都かな

電《た》球《ま》替へて影にぎやかに餅の花

火柱に巻かれて消ゆる吉書かな

枝ぶりに松の気性や初不動

吊り上げし鉄骨まはる寒日和

船宿のシンクの曇り日脚伸ぶ

出入りなく夕べ灯りぬ冬館

寒月や青光りせるゴヤの裸婦

山荘の奇獣の把手猟期果つ

ささやきに息の湿りや春の闇

狛犬のふぐり幼し梅の花

日のさして浅き流れや山椿

岬山の上りに乳ぜる仔馬かな

苜蓿に起き直るかうしてはをれぬ

人形の足裏に螺子西東忌

掘り返す鉛管光る杉菜かな

傘をさす肘の冷えたり藤の花

豆飯に酔余の箸のすすみけり

谷崎の乱丁本や金魚玉

芍薬や日は金色の雲の中

耳梨　畢

# あとがき

『耳梨《みみなし》』は鷹俳句会に入会した二〇一三年から二〇二三年初夏までの作品二九二句を収めた第一句集である。句集名は大和三山の耳成山の古代名からとった。天香久山や畝傍山と比べると一番地味な山だが、大和国中にぽっかり浮かび立つ山姿は明媚で、故郷ならねども郷愁を覚える山である。

　奈良に移り住んで、誰から勧められたわけでもなく俳句を始めた。歴史と風土に触発されたと言えば恰好もつくが、特に創作への意欲が高かったわけではなく、興味の向くままにたどり着いた場所が俳句だったというべきだろう。今となっては奈良の俳人として見られると少し面映ゆい。

　十年後に句集を出すとは想像もしなかったことである。この間、句会を通じて個性的な人々との出会いが多くあり、私の身のまわりの環境も内面も大きく変わった。

内面で最も変わったと思うのが時間に対する感じ方だ。それまでの時間は直線的に進み、その有限性に追われながら消費していた。目に見える形で円環的に現れる季語を意識するようになると、月日が過ぎるのが楽しくなり、年月がとても長くなった。この感覚は俳句で得た奇貨だと思っている。

小川軽舟主宰には選句と序文をお願いした。日頃のご指導と併せて御礼申し上げたい。長い付き合いの泉本亜依さんにデザインしてもらった装丁はとても嬉しく、感慨深いものがある。最後に、今まで句座を共にした全ての方々に感謝を申し上げたい。

二〇二三年十月

桐山太志

著者経歴

桐山太志（きりやま・ふとし）

1978年　兵庫県姫路市生まれ
2003年　広島大学大学院文学研究科修士
　　　　課程修了（日本史学専攻）
2013年　「鷹」入会、小川軽舟に師事
2017年　「鷹」新人賞受賞
2022年　「鷹」俳句賞受賞

「鷹」同人、俳人協会会員、奈良市在住

Email：hakurakuten@yahoo.co.jp

句集　耳梨　みみなし

二〇二三年一二月二五日　初版発行

著　者――桐山太志

発行人――山岡喜美子

発行所――ふらんす堂

〒182-0002 東京都調布市仙川町一―一五―三八―二F

電　話――〇三（三三二六）九〇六一　ＦＡＸ〇三（三三二六）六九一九

ホームページ http://furansudo.com/　E-mail info@furansudo.com

振　替――〇〇一七〇―一―一八四一七三

印刷所――日本ハイコム㈱

製本所――日本ハイコム㈱

定　価――本体二六〇〇円＋税

ISBN978-4-7814-1597-0　C0092　¥2600E